图书在版编目（CIP）数据

冻土观测段 / 董夏青青著. -- 天津：百花文艺出版社, 2022.6
（百花中篇小说丛书）
ISBN 978-7-5306-8287-6

Ⅰ. ①冻… Ⅱ. ①董… Ⅲ. ①中篇小说-中国-当代
Ⅳ. ①I247.5

中国版本图书馆 CIP 数据核字(2022)第 055981 号

冻土观测段
DONGTU GUANCE DUAN
董夏青青　著

出 版 人：薛印胜　**选题策划**：汪惠仁
编辑统筹：徐福伟　**责任编辑**：齐红霞
特约编辑：王亚爽　**装帧设计**：任　彦
出版发行：百花文艺出版社
地址：天津市和平区西康路 35 号　**邮编**：300051
电话传真：+86-22-23332651（发行部）
+86-22-23332656（总编室）
+86-22-23332478（邮购部）
网址：http://www.baihuawenyi.com
印刷：山东临沂新华印刷物流集团有限责任公司
开本：700×980 毫米　1/32
字数：41 千字
印张：4
版次：2022 年 6 月第 1 版
印次：2022 年 6 月第 1 次印刷
定价：29.00元

如有印装质量问题，请与山东临沂新华印刷物流集团有限责任公司联系调换
地址：山东省临沂市高新技术产业开发区新华路 1 号
电话：(0539)2925886　邮编：276017

董夏青青 / 作者

女，1987 年生，山东安丘人。小说、散文见于《人民文学》《收获》《十月》《当代》《解放军文艺》等刊。曾获“人民文学·紫金之星”文学奖、长征文艺奖等奖项。

一

那日的军事斗争结束后，他和另一个人把一名倒在地上的小个子兵架到盾牌上。两人抬着盾牌,跟随四周的叫喊声朝后方走。

原本围在医务帐篷门口的人，自动退开一条让他们过身的路。那些背对他的,此时转过脸。这边有一张豁开了的嘴,那边有个额头开花的脑袋。小个子兵被放到医疗床上时睁开眼，问了句:“我还活着吗？”

“你活着。”军医凑近了告诉小个子兵。

“我想睡觉。”小个子兵说。

“踏实睡一觉吧。”军医说。

两名护士。一个剪开小个子兵身上被划烂的衣物,另一个往他皮肤上贴大片的发热贴。

“我好冷。”小个子兵说。

军医捏了捏小个子兵的大脚趾。

“我在捏你哪根脚指头?”军医问。

“小脚趾。”小个子兵回答。

“右腿和右胳膊折了。”军医小声对一个在流泪的护士说,“准备吊水吧。”

“冻得太狠了,血管根本找不见。”护士说。

“找矿泉水瓶子灌温水,挨着手脚摆上一圈。”军医说。

走出帐篷之前,军医请他帮忙把一旁铁架子上的棉大衣拿过来给小个子兵盖上。小个子兵睁开眼睛看着他。

“排长,你也被搞伤了。”小个子兵喃喃地说,

“你的头破了。”

走出帐篷,逆着后撤的小股人流,在往前方回返的人当中,他看到一个年纪很小的兵。即便隔了一定距离,绷带挡住了这个兵半张脸,还是能判断出这个兵非常非常的年轻。他有些明白那边的外军为何叫他们学生兵和童子军了。

他慢慢靠上去,跟在那个士兵后边朝前走。不远,临近河道的滩地上聚集了一些人。

“拿绳索,拿绳索去啊!”有一个战士背向人群,喊叫着冲他的方向跑过来,与他擦身而过。

将要靠近人群时,走在他前头的兵忽然扭过头来。

“排长,是你吧?排长。”年轻的声音说。

“你是谁啊?”他反问。

“是我啊。”那个声音又说。

“你不去帐篷,跑回来干吗?”他问。

“你是不是来找我们班长的?”年轻的声音说。

“你们班长是谁?”

“许元屹。”

“对,许元屹,许元屹在哪儿?”他又问。

“排长,你是不是不知道我们的班长在哪儿?”

“我不知道。”他回答。

那个年轻的兵转过被绷带缠住的半边脸,继续朝河道走去。

河道边围着的人里面,有他还能一眼认出来的。但被认出来的人根本没有回头看他。那些人紧盯着河道,如此一致的惊愕和悲恸的表情,以至于他觉得有必要去看一眼他们在看的东西。他走过去。看到的是汩汩涌动的河水。水流里有一身鼓得溜圆的荒漠迷彩服，明显被河床里的石头缝卡住了，还卡得很牢。瞬间又能根据它起伏的力度判断它附着于具有一定重量的物体上。过一会儿，膨胀的迷彩服带动水下某件东西翘起来，跃出水面。

他又看了一眼，打算辨认那个跃出水面的、圆的东西。他的喉咙里不受控制地发出一声呻吟。

一个人头脸朝下，四分之三的身体陷在水浪里不受控制地摆动和摇曳。融雪后冲下峭岩的洪水力道很大。这样一具躯体，卡在河道里是不现实的。

“没人告诉你吗？排长，那是许元屹班长。”年轻的声音从一旁传来。

打捞从傍晚开始，用了很长时间。

一个排的人被分成五个小组。士兵们一面冻得直哆嗦，一面手挽着手，慢慢地朝这具身体靠拢。好不容易靠近了,他们轮流上前抓住那具身体或者衣物的一部分,动作谨慎却用力地向外拖拽。每个人都试过了。每拽一次,那具身体都往河道里卡得更紧一点。明明是被几块石头卡住了腿,那具软乎乎的身体就是拽不出来。

夜里。河道边的滩地上。他入神地顺着河水望去,瞥见那具身体还在水里浮动。

谁把篝火拨动了一下,火旺了一下又暗下去。烟向水边缭绕,明亮的火苗也朝那个方向飘舞。稍稍往里踢点土,火星就向天空飞去。下过水的士兵们围坐在火边,他们的脸上被篝火烤出了皱纹,面颊凹陷下去。有一个战士,从口袋里掏出家信撕成一条一条，抠出石缝里干了的苔藓，弯着腰给大家卷烟。

离篝火更近的，还有两个那边的人。其中一个躺着，已经死了，另一个坐着，还活着。

刚才有一个土气十足、身子骨扎实的中士坐在他旁边。战斗结束后，这名中士在清查现场时，在崖壁下的洞穴里发现了这两个人。当时两个人都受了伤，蜷缩在洞里，其中一人伤得更重。中士喊来翻译，让翻译指挥受伤较轻的那个背上受伤较重的，听他的指令往后方走。翻译告诉中士，受伤较轻的人不愿意，说同伴明显快死了，而自己也受了伤，背不动。中士说不背可以，那就谁也别走，直到耗死为止。受伤较轻的人等翻译说完，让翻译帮他把受伤较重的人抬放到自己背上。但那人坚持不让同伴趴在自己后背上，不肯与这个人头挨头。翻译说:“受伤较轻的人认定同伴就快死了,而他害怕死人。”

翻译走在前面,中士跟在他们后面,看见轻伤者驼着腰,倒背起自己的同伴往前走。重伤者的两条腿被使劲拽住,垂下来的脑袋和胳膊都在地上拖着。

中士走上去喊,说你他妈的不能这样对你兄弟。轻伤者似乎没有听见,只把重伤者的两条腿又往肩上拽了拽就继续朝前走。中士赶上前,抬起被拖在地上的人的脑袋,托住了他的肩膀。翻译转过身看了一眼,示意轻伤者停下,接着走到近前半蹲,让中士把重伤者抬放到自己背上。

送到滩地的篝火跟前不久,那个被背过来的人就断气了。借着火光,他看到那个人的瞳孔散得很开，嘴唇张开，保持着临死前呼吸异常艰难的表情。

中士让翻译告诉坐着的轻伤者过去把同伴的眼睛合上。翻译说，那人说自己害怕尸体，不想去。

“你兄弟是你他妈给拖死的，你必须去。”中士让翻译转告那个人。

轻伤者沮丧着脸，慢腾腾地爬过去。伸出右手食指，照那个人脸上眼睛的位置，飞快地一边戳了一下。再爬回来时，脸上如释重负。而地上那张面孔，生命尽管一滴不剩，仍旧半睁的双眼还被什么驱策，紧盯外面的世界。

他忍不住回想那个人方才用一根手指头，戳了戳同伴眼皮的动作，又偏过头来看着那个人此时把手伸进敞开的方便面袋子里。因为手哆哆嗦嗦，袋子窸窣直响。

次日晌午，连夜开进沟里的挖掘机下了河。将许元屹从水里打捞上岸时，很多人都在。他记得身旁有个人，一直以手覆额挡住眼睛，哑着嗓子飞快地说×他妈的，×他妈的。

许元屹被送走时，他看到前一晚遇上的那名年轻的列兵跟在担架左侧。上回和那边的人发生口角冲突，这名列兵还是第一次进沟。连长组织他们对等反击时，这名列兵退到旁边的崖壁下尿了裤子。那日冲突平息后，连长把列兵叫过去，给了列兵一枚那边的人撤离时遗落的小钥匙扣。

后续增援的作战单位和医疗小组陆续进沟驻扎，有人带上来一桶白石灰和两把工具刷。在靠近许元屹上岸的滩地的崖壁前，挖掘机车斗又一次升起。前一晚篝火边的那名中士在崖壁上写下四个楷体大字:山河无恙。一阵叫喊声升起来,尘沙似的落了下去。

滩地上的人陆续走回帐篷。刚站在他身旁絮语的那个人仍旧立在原地,由着烈风摇撼身体。他看了一眼那个人痉挛的鲜红色面孔,从这个狂叫着的像树一样的人面前走了过去。

不多时,山脉、岩峰、土阜都变暗了。在鸽灰色浓雾的重压下,太阳对准山脊西麓深深一啄便弹飞而去。

他一度确信,那天有关战斗的每个细节都会被所有人牢牢记着。包括记着过河时水没过腰,全身抖得牙齿磕碰,眼泪迸溅;攀爬和振臂呼喊时,缺氧的哽窒、眩晕;从山坡上方滚落的或被投下的石块击中的身体压伤他左臂；他摘下镜片碎裂的眼镜框，咬住一条镜腿，背过身挡住跪坐在地上呻吟的战士，伸手捂住战士流血的后颈窝；不断缩紧的包围圈里，四周狂热刺耳的叫喊声扫掠内脏……

然而没过多久，连贯的场景就有了龟裂的迹象。仿佛头脑断定他无力悉数消化，就让他往后再想起的时候，一次只照见一截片段。

军事斗争结束半月后，他将那天晚上半边脸被绷带缠住的年轻列兵叫进帐篷。

“班副跟你们说了是写战地日记吗？”帐篷里，他捏着两页纸问站在跟前的列兵。

“说了。”列兵回答。

“你写的什么？”

“战地日记。”

“不对，”他抬手晃了晃薄薄的两页纸，“这是咱们开春刚进沟巡逻的时候，某个晚上发生的事，不是那天的事。”

列兵点头。

“你得写那一天。”

“好多事我都不记得了，”列兵小声地说，“一开始我跟着班长他们冲上去反击，然后我受伤了，我被那边扔过来的石头砸晕了。醒来的时候，他们说班长从山上掉进河里面牺牲了。”

“可是之前……”他耐着性子说，“指挥所让你们写情况说明，你是写了的。”

“是的。”列兵垂下头。

“那为什么呢？”

“情况说明我只写了几句话，”列兵说，“我写了冲突之前班长怎么背着、抱着我们过的河，他是因为腿被冻坏了，脚被冰碴儿搞伤了才牺牲的。班长说，团长说过，老皮芽子咋过河他都不管，这些娃娃的腿不能冻下病根……”

“那你现在写这个下雪的故事又是为什么？”

“我觉得重要。”

“哪儿重要？”

“很重要。”列兵咕哝了一声。

“好，”他抬头看着列兵童稚的眼睛，“去忙你的吧。”

他不是想教训人才把那名列兵叫过来，这篇战地日记也没有任何问题。那天过后，上级各单位的调研人员接踵而至。当时沟里没有电脑也不通网，个人情况汇报无法整理成可以被反复拷贝的书面材料。副团长、副政委和营长分拨组织留营的战士，由他把战士们一次次地带进指挥帐篷，陪他们回忆、述说并写下那天他们能记得的事。有的人开了口滔滔不绝，旁边的随声附和，几个人像电线上的鸟；有的人瞪大眼睛，单个词语往外蹦，重复别人说过的话。有一名战士从帐篷出去后径直走到河沟边，趴跪在地上把头反复蘸水里，直到被营长拖回岸上。

列兵写的两页纸还在他手里拿着。一个他无比熟悉的声音就在其间。热心的、粗大的声音，少了一点许元屹平常的逗弄，却比许元屹在时说话的声音更为平和。

这时副团长掀开挡雨布走进帐篷，让他带通信兵出去架设从沟口到河岔口的单机磁石电话机线路。从哪个方向下河沟、从哪一侧放线等，说了很多。副团长还让他留心看看河岔口点位的场地，听说要在那一块地方建活动板房供前线的人居住。

他将手里的两页纸叠好放进胸前左侧上衣兜里，随后走出帐篷。

到了沟口，他带两名通信兵下车看了地形，开始放线。其中一名通信兵很聒噪，他一直听不清那个兵在说什么，只觉得耳朵和脑仁都疼。忙活了一个来小时，他感觉眼前起了一层雾，看什么都模糊，带他们过来的猛士车停在哪个方位还得想半天。

费劲爬上车的副驾驶位时，他浑身发冷。为了放线，猛士车的后门开了半扇，寒风夹着雪、辛辣的尾气直往他鼻腔里灌，眼泪潸潸不停。

放线完成，进行通联测试的时候，从团部过来的物资车正好到了。他让通信兵上那辆大厢板返回营地，随后让猛士车的司机开快车，带他赶到河岔口的点位上看一眼。

回程时，他让司机打开暖风，但没用，车里还是越来越冷。

回到营地，他只记得自己走进医务帐篷，找了张床就脱下衣服盖在身上躺下了。他脸皮燥热，但身上又感觉不到什么温度。每道骨缝都酸。向左侧翻身时，灵魂一下被挤出身体，飘在空中向下望着自己。过会儿有人跑进来，他已毫无意识。

他再醒来已到晚上十一点多了。睁开眼他哼唧了一声，坐在一旁的营长立刻伸过头去看他。

"感觉咋样？"营长问。

“我发烧了？”

“三十八摄氏度，过半小时再量一次，应该能下来一点。”

“离我远点，小心是病毒。”

“是伤口有炎症，”营长说，“你的头都这样了，自己不疼吗？”

“头咋了？”

“他们说你的伤口处理过、抹了药是这个颜色，其实根本不是，刚才军医过来看，你这个血痂都硬了，和肉长到一起了。”

“自己长好了挺好啊……”

“军医说这肯定留疤了。”

“无所谓，”他有气无力地说，“留吧。”

“你是被干傻了吧。”

“可能都死了，我自己不知道而已。”

营长忽然噎住，用颤抖的声音说："狗㞞，你活得好着呢。"

他望着低矮的篷顶，有一瞬间以为那频频闪烁着的，是点点滴滴渗透的白天的亮光。接着喉咙里泛上一阵腥味的涎沫。

"弟兄们一直觉得，是我们那个点位危险，得干起来，所以跟我说这事的时候，他妈的一点准备都没有。"营长说。

"我们没戴钢盔就去了……"他说，"没想到那边抄着家伙过来，硬他妈碰瓷。"

"那天下午六点多，"营长说，"刚准备烧个火搞点吃的，他们就跑过来找我，说刚通报你们那边对峙了，让我们这头的任务分队上车待命。我们在车上等到凌晨三四点，又给我们通知，改成回帐篷里待命。我们就坐着迷迷糊糊等到早上八点多。我八点五十分的时候跑了趟厕所，回来就看到机操手在等我，跟我说你们那边打了两个电话急着让我接，我守着电话，回拨了五六分钟才接通。是许元屹带的那个报务员，跟我说："报告营长，昨晚沟里对峙了，我们班长没了。"接着政委给我打电话，说目前局势不稳定，一定要我把带出来的分队稳控好，随时做好应对突发事件的准备……有人牺牲的事暂时保密……后面的话我脑子一片空白……我全都答应了。

"我召集骨干开了会，安排了工作，安排人找点纸准备烧一烧。原因我没说。早饭我没过去吃，然后突然有人跑过来，有个许元屹的同年兵，一脸子惶急带泪，说营长，沟里出事了，许元屹没了，好些人伤了。我想叫他快闭嘴，话就梗在脖子出不来。我一把搂住他脖子把他架出房子，出了门我崩溃了，把帽子从头上拉到眼睛，哭了十秒，跟他把早上首长的指示说了一下，问他还有谁知道这个事，他说他们值班室的都知道了。想瞒也不可能了。”

他听人说，营长刚进沟口就把一拨人给怼了。他当时想：一方面确实是营长目前担着管控风险的压力太大；另一方面，大概还是想到了受伤、牺牲的这些人。他的连长后脑勺缝了四针，指导员左肩脱臼，门牙断了。团里让他们下山养伤，两人不肯。指导员在斗争结束后第三天，坚持要在教育动员大会上也讲一课。当时有上级指挥所的主官在会上旁听，讲话前每个发言的人都交了讲话稿，但指导员在台上讲了近二十分钟，和交上去的稿子没几个字能对上。

那日晚上开饭前，他和指导员跟着营长去了河边。营长蹲在河边，往河里扔了一包没拆封的软中华。

“元屹，”营长对着层层卷卷的水浪说，“有的人流血牺牲，有的人贪图安逸，有的人蝇营狗苟，好像仗是他们打的，长城都他妈是他修的。我要是不操练这些人，就是对不起一线，对不起你。”

他用手指轻轻地拨动输液管。

“给我打的左氧？”他问营长，“不用隔离？”

“炎症压下去就好了，”营长说，“副团长要你过两天带物资车下山。”

“行……”他闭上眼睛说，“还得提醒你一句，收敛点脾气，别再怼人了。上面的、下边的、兄弟单位的，能忍就忍。”

“你听谁说什么了？”

“驾驶员说拉你进沟的路上，你把上边派过来的人给练了一顿。”

“我没练他，”营长说，“翻达坂的时候，那㞞货晕车一直吐。吐完了说就这鬼地方，给他一个月发五万块钱他都不来，我说对，我们都是冲沟里那点补贴才干到现在的。

“我跟那㞞货说，不是谁都能和这么好的弟兄死在一块，比方说你就没有这个福气。”

他感到太阳穴跳动时绷住了眼眶，胀得头疼难忍。“有个东西给你，”他顿了顿说，“许元屹带的一个兵，写了一篇关于许元屹的日记。写的不是那天的事，是我们在沟里巡逻宿营的一个晚上。”

半晌，营长既没有起身，也没有吱声。就那么在马扎上弯着腰，缩着身子，向前探出的两只手交握。

“上衣兜里，左边。”他说。

营长走过去，翻他的兜，取出日记。

“那天晚上，”他说，“那边有两个人被我们的人发现了，带回来的时候，一个死了。我们就跟另一个人说，你去把他的眼睛合上吧。那人就爬过去，伸出了一根手指头，朝死人的眼皮上一边戳了一下。真的……当时我真的想不通……这是你的兄弟，你怎么就用一根手指头……一边戳一下？”

“凌晨五点来钟，那边来了人领伤员。我就盯着过来的人一个一个地看，没有一个人在哭，你知道吗，没有一个。快六点钟，那边又过来一个男的，三十六七岁，走过来看到了地上躺着的那个死人。

等看清那人面相的时候，这男的眼睛红了。我就看着他走过米，两只手抱起那个人的头，放到自己膝盖上，伸手给他把眼睛合上了。”

“说实话……”他说，“那一下，不是那个死人……好像是我自己解脱了。”

他迷迷乎乎地半合着眼。脸前的亮光逐渐减弱，昏暗的空间更加狭小。到处透出温热的臭气。随后涌入的场面在他双眼的虹膜中飞旋，折返，了无声息。

悬停。

巡逻途中，他们跪着攀爬的山地冰面犹如被剥去表面那层的皮芽子，反射冷硬而纯净的幽光。迟迟进来的，他们的声音，从令人麻木攒到了顶点的寂静中流出，带着深重的金属般的回音。

“待会儿蹲坑的时候,”许元屹对那名列兵说,“一定要记住隔半分钟就站起来前后甩一甩、晃一晃。”

“知道为啥吗?”许元屹一旁的中士说。

那名刚止住鼻孔出血、嘴唇干裂起满了泡的列兵摇摇头,又点了点头。

“你要是一直蹲着不动,你的那条小短腿就用不成了,冻上了,知道不?”中士说。

“知道为啥你的小短腿一直没啥事吗?”许元屹扭过头望着中士说,“因为你的小短腿长在你该长脑子、该长心的地方了,脱光了也冻不死你个傻屌。”

许元屹抓起一把雪塞进嘴里,又往那名列兵嘴里塞了一把,拍拍列兵的肩膀说:“去那块大石

二

各个病房的电视机里都在播放电视剧《亮
》,从病床上支棱起来的脑袋,有不少都包着绷
、从病房门口挨着走过去看,像一盒一盒新发的
豆芽。

下山的伤员都在分区医院集中住着,看护他
营教导员在二楼要了一张值班室里的床位,
名过来学习输液的卫生员同住。

他带车刚从山上下来那天,一楼的护士告诉
导员就上二楼值班室,他敲门进去,屋里只
卫生员在。没坐多久,话也只说了几句,卫
被他身上、衣服上的气味熏得招架不住,跑

头后边蹲着吧,蹲一会儿就站起来摇晃摇晃。”

那天是他们进沟后的第二个星期六。起初他还敦促他们中午去河边往脸盆里多凿点冰，放太阳地里化了水刷牙洗脸,再往后他也不催不说了,大家伙都胡子拉碴,手上、脸上结了一层黑紫色的硬壳。太阳再一晒,皮爆开了就露出小块发红的嫩肉。

那天夜里。深蓝和紫罗兰色交混相融的星空下,冻僵的一群人围在篝火旁,两人分食一袋自热干粮,吃完就枕着睡袋看存在手机里的小视频。

那名列兵在时隔不久后，交给他的那封战地日记中描述的场景,带着毫不狂烈的情绪,随列兵轻轻的嗓音再度降临——

我永远不会忘记……

我永远不会忘记那天晚上的月亮是那么的明亮。又大又圆的月亮静静地悬挂在夜空中，旁边有无数的星星在闪烁，一闪一闪的，漂亮极了。

月光静静地散落在每一寸的土地上，我和许元屹班长被这美丽的夜空牢牢吸引住了。

慢慢地，我和许班长在这夜空的照耀下进入梦乡。在我睡得香的时候，一阵冷风吹来，我不禁拉了拉睡袋。拉一拉，却感到有雪进来了，凉凉的。或许有一种懒惰在作怪，这冰冷的雪并没有使我起来看一看情况，而是继续入睡。

天亮了，我被他人的呼喊声吵醒。当自己

想要动的时候，却发现自己的身体完

压住了，想动完全动不了。在我挣扎

许班长过来伸出手塞进了我的睡袋

我的手，把我从厚厚的积雪中拉

出来的同时，正如我的家乡

心凉。

这是我最难忘的战地经

是许班长把我从雪中拉出，

不在了。我想，没有什么比

一趟更让人难忘的了。

列兵的声音微弱，但像

散开来。不用低头就能看

的、蓝色的火焰，正让他暂

温暖。

到厕所的盥洗池子跟前干呕。教导员解完手回屋，见着他刚打了招呼想近前，又接连大步退出屋子。他冲教导员招手，说快给他找身衣服。

换上教导员的作训服，又到水房冲了个澡，他身上那股刺鼻的臭气才轻些。他在值班室拧开一瓶水，坐下跟教导员讲，下山路上，过九道弯那条达坂路的时候，当报务员的上等兵刚憋过三道弯就忍不住挺起前胸吐了，污秽物直接喷在他和一名士官的头上、身上。之后车里除了他和司机，其余的人多少都跟着吐了些。晚上，兵站里问了一圈都没有寻见谁多带了一套干净衣服，只得扒下来拿抹布擦了擦，搭在床头晾干，第二天又套身上穿下了山。

教导员问，那名上等兵是不是许元屹带的报务员徒弟，他点头。这名上等兵要在山下的营区教导队培训三个月，由他带过去报到。他给教导员讲，同班的人说上等兵晚上总做噩梦，大喊大叫，醒过来了就发呆。营长说上等兵是觉得对不起自己班长。那次行动，许元屹说为了锻炼上等兵，一直让他抱着电台，其实谁都明白，电台在谁那里谁出事的概率就小。

教导员问他山上目前的情况，他就拣记得的、大面上的事说了说。说起临下山那天中午，连长带着一帮人做完拼刺训练，正在讲评。指导员脱下防弹衣绕到帐篷背后。要下山的车就停在那里。他走过去拉开后备厢往里扔背囊时，看见指导员蜷着坐在地上，嘴里含着根烟，两条胳膊搭在屈起的分开的双膝上。指导员衣袖右臂的位置，写着“许元屹”三个字。

见到他，指导员抬起下巴，眯缝着眼，将烟夹在手上，嘴里的烟雾朝半空吹吐。

他冲指导员喊了一声："指导员，你不是发誓这辈子不抽烟吗？"指导员仰脖子冲他一笑，说扛不住了，得学。

教导员听他讲着，给他也递了根烟。他接过去，点着了，含到嘴里，将右脚盘到左腿底下垫着。一手拿住烟，朝肺里嘬了一口。

教导员告诉他，许元屹的父母过来，是自己陪着政委接待的。他说下山时，听拉他们的司机班长说的。

这名班长刚从汽车团的高原班抽调过来，许元屹的同年兵，两人老家也隔得不远。当时许元屹上了岸就是司机班长开车去接的，也是司机班长和军医一道给许元屹擦了身体，拿棉纱布堵上七窍，再把人拉到停直升机的山口平台。

教导员也给自己点了根烟，抽到一半跟他说，从未见过许元屹的爹妈那么刚强的人。许元屹的父亲来时穿着一条单裤，卷着裤腿，坐着政委的车走了一天上山。到烈士陵园，西北风夹着沙刮得几个人眼睛通红。许元屹的父亲一滴眼泪没掉，挨个把每块墓碑看了一遍。到自己儿子墓碑跟前，也没说话，站了几分钟，扭头就走回车上了。

许元屹的母亲在招待室坐了半天，下午拿了一兜她在家里烙的面饼子要去医院，说想看看那些娃娃。教导员问她有什么想法，尽可以提，他都会向上级报告。许元屹的母亲说，她想知道自己儿子最后的表现是不是勇敢，又问了教导员一句："我儿子，他是英雄吗？"

教导员说自己参军这么些年，两个兵的父母最叫他难过。一个当然是许元屹，还有一个内蒙古兵的父母，儿子巡逻时突发脑水肿，那天山上狂风骤雪，直升机无法起降，从下午拖到第二天早上，人就过去了。

内蒙古兵的父母是牧民，从老家赶过来，那位父亲见到教导员就说："我儿子每个月都给家里很多钱，他有没有欠连队、欠你们的钱？我儿子不在了，可儿子欠的债还有他父亲来还。"继而又说起那夜，内蒙古兵的父母在连队浴室的担架床上为儿子擦拭身体，教导员和他们一道，用带来的白色粗布将内蒙古兵从头至脚缠裹起来。

他用心听着。忽然就想起许元屹被挖掘机车斗捞上岸的那天，身旁那个人一直以手覆额挡住眼睛，哑着嗓子不停地说×他妈的，×他妈的。

“这年头只顾自己的人多了，但遇事先为别人着想的人不是没有了啊。”教导员絮絮地说着，间歇地喷吐着烟圈。

“许元屹的妹妹，跟她爸妈一块过来了吗？”他问教导员。

教导员想都没想就答了他：“没有，没过来。”

“他爸问许元屹一个月工资多少了吗？”他又问。

“没问。”教导员告诉他。

“他一个月工资多少没告诉他老子吗？”教导员问他。

他摇头，小声说了句许元屹拿钱在供妹妹上学，妹妹在师范大学读研究生。

教导员嗯了一声没再多问。他把烟熄在喝空

了的矿泉水瓶子里,烟头碰着瓶底的一点水,吱了一声。两人空坐半晌。

把许元屹带的上等兵送到教导队后的第二天下午,教导队的队长打来电话叫他赶紧过去一趟。

那天正好赶上县城疫情封控,出租车停运,院子里的车没有提前批示用车手续的也没法动,他便步行从医院往教导队的营院走。途中路过一家小饭馆,门脸十分熟悉。他站定想了想,记不得究竟是自己在里面吃过饭,还是见谁在朋友圈里发过。

到营院门口,教导队的队长正等在那里。往宿舍楼走的路上,队长跟他讲,分区的心理医生正在给上等兵做干预治疗,每天中午做一回,预计得持续半个月。

他问队长："上等兵进营院大门之前还好好的，怎么突然就崩了？"

队长说，上等兵昨天晚上排在队列里进食堂吃饭。因为是周五，食堂会餐，炊事班熬了羊汤，炖了肘子和酱牛肉，主食有拌面、炸馍、手抓饼和小蛋糕，饮料除了酸奶还有果仁奶和奶啤。上等兵没等打上饭，抱着餐盘蹲在地上大哭起来，说自己班长临走时饿着肚子，从早上起来到下午人没时就咬了两口压缩饼干。

晚上熄了灯，有战士去水房洗漱，看见上等兵站在水房的镜子跟前鞠躬，一边鞠躬一边反复地说："对不起，对不起。"

战士把情况报告给队里，队长晚上把上等兵带到自己屋里，想跟他说说话，可上等兵进了屋一声不吭，只呆着发愣，过会儿说困了，想睡觉，队长就把他送回了屋。

第二天一早，和上等兵同屋的战士过来找队长，说起床号响了以后，他们都着急穿衣服、扎腰带准备下楼跑操，只有上等兵不紧不慢，穿戴齐整了站到阳台上开始打敬礼，自己喊，敬礼！然后啪地立正打一个敬礼。他们把上等兵拉回屋里，上等兵就自己在屋子里倒着走来走去。

站在队长宿舍门前，他隔着门上的透明玻璃向里看。上等兵佝偻着身子坐在两张床铺中间的书桌前，面朝窗户。在他身侧，床沿上坐着一位年纪在三十五岁到四十岁之间的女人，正同他讲话。

小屋里，从上等兵面向的窗户照射进来的阳光，让他想起年初在山上的团部营区，还没有进沟的某天。

那天吃过午饭，他和军医、营长、许元屹在医务室里烤电暖炉、抽烟。正聊着天，上等兵进来了。上等兵说自己养的狗病了，好几天不吃不喝，总拉肚子，想找军医给开点药。

军医说："现在开药都得开单子，人好说，给狗怎么写？"许元屹往军医嘴里喂了根烟，点上火说："你该咋写咋写啊。"军医坐到办公桌前拿出一张医药单，瞅着上等兵说："那你说，照你说的写。"

"姓名？"军医问。

"花虎。"上等兵回答。

"性别？"

"男。"

"年龄？"

"三个月。"

"单位？职务？"

“单位……勤务保障连？职务……看家的。”

“提提身价，给它写保障处吧。”军医说，“然后科别和保障卡的账号花虎都没有……”

“病情及诊断？”军医又问，“我说你给它下的啥诊断？”

“拉肚子。”上等兵回答。

“那就写腹泻。”军医一边自言自语一边写，“先给开一周的甲硝唑氯化钠注射液吧。”

“哎，你。”军医抬头又瞅了上等兵一眼，“知道怎么给它打针吗？”

“我会，我练了。”

“在哪儿练的？”

“我拿自己练的。”上等兵说。

尽管上等兵此时背对着他，脸低得快挨到桌面，但他仍能清晰想见上等兵的神情。正如那天中午，上等兵一板一眼地回答军医接二连三提出的问题。事关生命存续的问题。

从教导队回到分区医院时已近傍晚。他爬上二楼值班室，推开门见教导员正盘腿坐在办公桌前对着摊开的笔记本出神。

“那孩子没啥事吧？”教导员见他进屋，松开咬在嘴里的笔。

“强制心理干预，先观察一段时间再说，”他说，“老团长他们上山了？”

“吃完午饭就走了，这会儿快到兵站了，应该能赶上晚饭，”教导员趿拉上鞋，身子转向他，“有意思吗你说，这是老团长被调到野战师当副参谋长以后头一次回咱团里。”

“你感觉呢？”他说，“这回指派他上去是参加谈判吗？”

“司令肯定会让他参与，”教导员说，“那边就有他认识的，都打过多少年交道的。那个死胖子又升了军衔，据说二老婆又生了个儿子。这回要是副参谋长见着死胖子，谈也肯定想好好谈，可想到许元屹还有受伤的弟兄们，肯定想扇他，至少要威胁他们两句吧？”

“再有，估计也考虑到了让他上去把握分寸。咱们和他们，就是之后上来的人……两拨人就跟斗牛和耕牛一样，培养目的和评估标准都不一样。现在这种情况必须两条腿，但首先这两条腿得稳当、得协调吧？他不是总说嘛，只要不是打仗，当主官的就别把下面的兄弟带病了、带残了、带没了、带监狱里去了，尤其把冲动和血性分清楚。别学那边的人，拿弟兄们的血给自己贴金。”

“这次带上山的石灰和刷子，是你给准备的吧？”他问。

“是啊。”

“他的一些思路，团里倒是坚持没有中断过。”

“是啊。”教导员若有所思，双手合十放到双腿之间，身子轻轻地前后晃动。

“说话还那么有激情？”

“太有了，上午去病房慰问就当场开讲，”教导员说，“对我和那几个病号说，眼前这份罪我们受得奢侈啊。看看梵蒂冈，它那面积存在这么个问题吗？压根用不着考虑。还有日本，跟他们聊退一步海阔天空？他们退两步就掉太平洋里了。可是买商品房你能挑邻居，国家没有这个自由。摊上了，又不是全靠拉铁丝网就能掰扯明白的。现在只能往极端里说，弟兄们站着生、站着死的地方就他妈的一寸都不能退也不能丢……”

他想起副参谋长还在团里的时候，有一天带队巡逻，副参谋长当时对照地图找了一块向阳的山坡，要他们用从河坝里捡来的石子，在山坡上摆出版图的轮廓，说对面要是放无人机过来，正好取上全景。那天中午，就在摆好的图形旁边，他们拿出带的干粮、背的矿泉水。吃完喝完，他捡起瓶子往包里装，老团长冲他喊，说塞进去干啥，都扔外边让大风吹走，吹到哪儿，就证明这边的人到了哪里。

“今天临走，关车门之前还在给我布置任务，让我准备一堂课，”教导员说，“也讲讲许元屹，让那些从其他单位调派过来预备上山的战士先听一听。可你跟战士谈意义，特别是谈生命意义，是非常难的一个事。而且……我老觉得许元屹还在，能怎么讲……”

教导员说着把手中的笔塞回嘴里，转身面向办公桌，手指蜷缩在笔记本上，反复地轻叩。

他下山前听营长说，沟里对峙时教导员正在老家休假。团部的电话打到工作手机上时，教导员正带着六岁的女儿坐在游乐场的卡丁车上。团部参谋急切汇报沟里斗争的情况和车场训练员让立马把车开走的喊叫声搅到一起，教导员等脚踩下油门时才清醒过来，顺势抡了把方向盘，将卡丁车撞停在赛道旁的轮胎墙上。教导员之前没给女儿系安全带，女儿的头冲前直接撞上车框。教导员的妻子从一旁飞跑上前，自己抱上女儿去了医院。教导员归队之前，女儿还在医院躺着，左侧脸颊的颧骨粉碎性骨折。

晚饭过后，卫生员去三楼练扎针，他和教导员在值班室一同整理文档，这也是副参谋长提的议。教导员手里存了一部分之前战士们写的家信，还有那日斗争之后，一些人写的遗书与请战书，包括眼下还在病床上躺着的人，也有人写了请战书，请求把伤养好之后即刻返回前线。副参谋长说，这些家信、请战书、遗书还有一些人写的格律体出征小诗，都是往后复盘时的佐证。

教导员边整理，边挑出几句讲文法的、激昂的话念给他听。他仔细翻阅不同大小和厚薄的纸张，使劲辨认纸面上潦草的字迹。纸上的、眼里的、教导员念出来的交叠，混淆，膨胀。一阵辣气从他胃里顶入食道。

急！急！急！

拂晓接令，千里狂奔只为敌。

险！险！险！

风紧气寒，沟深山高冰河远。

烈日悄无息，寒风无情欺。

萧然生死别，筹谋到戟迟。

思绪泛涟漪，告别胜相见。

未及平生顾，遗书抒我志。

假如战争爆发，上阵杀敌是我们义不容辞的责任，牢记连训！针锋相对、寸土必争！回想起军人誓词：时刻准备战斗，誓死保卫祖国，这就是我的决心！我请求参加此次作战任务,到一线打头阵。报国戍边!无须马革裹尸还!

妈,孩儿当兵已经一年多了,我知道您在家里一直担心我。担心我在部队不能吃饱饭,受苦、受冻等等。担心孩儿遇到一点小事,就想躲进避风港一样的家里。但是孩儿已经不再像小时候那样什么事都需要您一一操心了,孩儿已经长大了,像雄鹰一样飞向天空了,而且您所担心的事情在部队不会发生。因为这里每一名战友之间相处得就像家人一样,互帮互助,还有班长排长、连队主官就像长辈一样照顾着我们。遇到事了,他们永远抢先站出来保护我们。也有一群老兵在教我们知识,而且在他们的教育和照顾下,我正一步步成长了起来，做什么也不像以前那样不经过大脑就乱来，而是在做事情之前都想一下后果是什么。所以您可以放心了，孩儿已经长大了，也不需要继续在您的臂膀下躲避了……

当他打开一个班排的人写在一条床单上的请战书，看见上面密密麻麻带血的指印时，教导员昨夜向他转述的许元屹母亲的那句话又直入脑海：我儿子最后的表现是不是勇敢？我儿子，他是英雄吗？

他在想，有谁能把那个许元屹说得明晰？谁会告诉他们，许元屹是由他母亲生在了麦地里？谁知道他为何到贵州安顺的工地上做工？什么讲稿能包含许元屹负荷累累、志气未曾衰减半分的强大生命力？

他将手盖在额头受伤处，手指使劲摁压突突刺痛的太阳穴。

在山上犯头疼的时候，他会把许元屹叫来一块抽根烟，说说话。每回巡逻进沟，手机信号中断，十好几天里也就几个“毛人”来回瞪眼。夜里，大家伙尤其是刚下连队的新兵，都指望许元屹那天别累着，留点精力给他们讲故事。

许元屹时常说：“不比你们，我小的时候吃过苦啊。”

新兵就接着许元屹的话再问：“班长，你小时候吃过啥苦？”

许元屹便低下头掰响手指的骨节，开始不知第多少遍地讲起自己小时候的事。

我妈当年快生我的时候，我奶奶还让我妈去小麦地里割麦子。

我啊,就被我妈生在了麦地里。

你们看着我矮,我妈说了,都怪我小时候老扛麦子,压的。一袋麦子百来斤,我一个肩膀就扛动了。要不说,扛你们过河不在话下。

生我之前，我爷爷奶奶和我爸分家过日子。离开爷爷奶奶家的时候,奶奶给了我们家一点粮食,就是用化肥袋子装了八袋麦子,然后给了山顶上的一块地、三间房,还给了八十块钱。我爸觉得光有三间房没个院子不成,就在屋后刨地修整。第二天早上,我爷爷从屋里跑出来把我爸的头给打破了，说我爸占了他和奶奶的地。

当时我们那儿喝水也得靠拉水。一米二高的铁桶,灌满了水的要卖八毛钱一桶。我们家没有自来水,也打不起井,我爸就想找奶奶用一下家里的井,可我爷爷奶奶都不让。最后也不知道买水喝了多久,八十块钱用完了,还欠了人家八块六毛钱。卖水的人说,你得先把欠的钱还上,不然这水就不能再拉走了。

我爸去找我爷爷,说上一年跟着我爷爷帮人修车,说好了给工钱,眼下缺钱,让我爷爷给结一点。我爸当时想的是,按市面上的工钱差不多能结三百多块钱,我爷爷怎么也能给两百块钱。可我爷爷掏遍了身上的兜,凑了不到十块钱给我爸,说他就这些了。还上前头欠的,我爸把几袋小麦卖掉才又能往家拉水了。我爸说,我奶生他那会儿难产,后来别人算了一卦，说我爸是来讨债的，不可太亲近。

我妈生下我六七个月后，我爸就跟着同村的人上北京打工。我四岁那年，我妈怀上了我妹妹。一九九六年那时候，计划生育查得很严。我妈想躲，但还是没躲得了。

我妹出生以后，脖子上留了一个明显的针眼，休息不好、情绪激动，就往外流分泌液。流一流，自己就结痂，过段时间不好了，又往外冒。

我人生的前三十年，头等大事就是攒钱给我妹子，只要她想考学，考到博士我也供她。等她工作了，我俩把钱凑到一块，一定医好她的脖子。

这几年，许元屹总朝身边几个关系不错的人

叮嘱，不管他家谁来电话问一个月工资挣多少，都别说实话。许元屹一个月万把块钱工资，五千块打给妹妹学习和生活，三千块给家里，两千来块钱自己存着，能不花则不花。

许元屹曾告诉他，二〇〇八年汶川地震后，老家有不少搞工程的人过去参与重建。许元屹的父亲跟着一位老板干电焊，攒了点钱。回村后不久，支部书记动员许元屹的父亲包一座山头种果树，既能个人致富，也帮助当地绿化，果园达到一定规模还能享受一笔农业补贴。许元屹的父亲动了心，就把存折上的钱全投了进去。没想到果园还没建成，和许元屹的父亲商量事的支部书记就退了，履新的书记将补贴用在了其他亟待投入的项目上。许元屹家的果园一直没拿上补贴，资金后续跟不上，许元屹的父母又不懂果树培育，本钱赔得精光。

许元屹对他说，父母为了家庭没少折腾，只是脑筋和运气都差了点火候。

从沟里往山下走的那天，途经团部。车刚开进院子，就看见球场上停着一辆工商银行的流动服务车。团里的人告诉他，这段日子他们在山里通信中断。家里房贷、车贷还不上了的，亲人生病住院的、生孩子的、老人没了的……着急的家属们纷纷往团里打电话，有个别的包了地方车辆跑上山来询问情况。为了钱的事方便，团里找县里调派了一辆银行的车上来办业务，先安排还不上贷欠了银行信用款的家庭解决问题。又单独安排了一名排长每天接打电话，转告家属战士情况，解释这次任务出动得紧急，目前人都平安。

他也记得，那天下山的车刚停在烈士陵园跟前，手机信号恢复的信息提示就进来了，接着来了上百条未读消息、未接来电的提醒……他给父亲拨去电话时，父母的声音同时在话筒那边出现。他的心又再次紧张地跳动。

父亲说，那天吃饭时听见新闻发言人就某地的边境形势讲了几句话，知道字数越少，事越不妙。连着几天联系不上他，母亲托人找了位懂易经的师父给他批八字，看目前人还在不在。那位师父给的消息还算吉祥，说在西边，喘气，能动，要受皮肉之苦。

同父亲小学时就相识的叔叔随即也打来电话，告诉他这么多年，头一回见他父亲哭，说儿子找着了，还活着。又说他爷爷奶奶也都牵挂他，盼他尽早回家探亲。

军校毕业临去报到之前，他和父母到爷爷奶奶家道别。爷爷是市里钢铁厂的老厂长，退休十来年后中了风，只有半侧身子能动，口齿不清，极少言语。那天爷爷抽了两口他带去的烟，对他说了一句："我名下两套房，你回来就是你的。"

放下电话，他走进陵园。那时许元屹已经收葬。他站在许元屹的衣冠冢前，看着碑前新置的香炉、祭奠的酒和尚未打蔫的水果，遂想到那天黎明时分，他和许元屹蹲在崖壁底下那个洞穴里，打着手电写家信。

当许元屹听他说如果有谁牺牲了，这封家信就会被寄给家属时，立刻把刚写好的一页信纸撕了塞进石缝，堆上块石头，又掏出裤兜里一个早就空了、搓皱的烟盒，就手撕成方方正正的一块纸片，在上面写了一句话。

叫了四名小个子战士过来，钻进车里把许元屹搬下去，抬进连队。军医叫人去炊事班后窖里敲了一块冰抱出来，拿高压锅烧，化出来的水倒进桶里凉到三四十摄氏度。之后把许元屹扶起来，两脚放进桶里，反复搓洗。之后又叫人烧了一锅水，给许元屹不停地搓洗胳膊和手。

凌晨三点多的时候，许元屹总算会张嘴说话了。虽说几天之后，他的两个脚指甲冻黑脱落，手上被玻璃丝扎穿的一个地方掉了痂，变成一个死疙瘩。但那天晚上，缓过来的许元屹第一时间叼了烟，眼泪汪汪。

他和连长检查了许元屹耳朵、身上露出来的肤，没有冻起水疱，随即放下心，给许元屹接着烟。

大年初一中午会餐，许元屹被搀进了饭堂。许

我只是死去，请为我自豪。

他从桌前站起，走出屋时眼前一阵发黑。教导员并未察觉他的反常，还在耐心往电脑里誊录纸上的内容。

他走到楼道的水房洗了把脸，摸兜时记起烟落在了值班室。

许元屹以前问他：“排长，你什么时候学的抽烟？”他如实说，是本科在军校里，站夜哨时学会的。他又问许元屹，许元屹说，当年为了供学习成绩更好的妹妹读初中，他跟着同村的人去贵州安顺打了半年工。在一家工地，跟着旁人打模板、扎钢筋、搞电焊。

工地上有一对本地的父子，常把家酿的米酒带到工地上请工友们喝。夜里，工人们聚在一起，光喝酒划拳不过瘾，还要抽烟，许元屹说自己就是那个时候学会的。起初许元屹也买一包两包的烟给教他做工的师傅抽，后来听说他出来打工是为了供妹妹读书，谁都不肯再接他的烟，不让他在烟钱上破费。

他印象中，许元屹有一回抽得最凶。

有年春节，年三十那天晚上，连队的人都在连队营房里和家里人视频聊天。十点多时，点位上的光缆坏了，信号一下中断。连长跑到机要参谋屋里找许元屹，叫许元屹赶紧准备工具修光缆。当时他也在机要参谋屋里，跟着一道跑出去上了车。

营房离点位二十几公里，那天夜里雪很大，等

车开到点位已经过了十一点。跳下车时他
许元屹没穿电暖靴，他要跟许元屹换一下
屹说不用，熔个光缆，费不了多长时间。

猛士车的车灯照着，连长和他给许
侧打着手电，许元屹很快找到了断点。熔
方便戴着手套和防寒面罩，许元屹都
边，用手一点点地把保护层、涂覆层剪
太冷，玻璃丝是脆的，一熔就断，等熔
上，已到了大年初一。

往连队返的路上，司机开大暖气
几分钟，就听见许元屹哎哟了一声。
许元屹满脸通红，淌着泪，哼唧说疼
疼，许元屹说浑身上下整张皮都疼
快把暖气关了。

车到连队时，许元屹已僵在

元屹坐的那一桌上有个小碟，盛着几颗比鹌鹑蛋略大的西红柿。那是连队通了长明电以后，种植员在大棚里多用了几个千瓦棒才种出来的，本想等年后领导上山视察时显摆。在许元屹还睡着的时候，连长找几位主官开小会，举手表决摘了果子，作为对许元屹前一夜抢修光缆的奖励。许元屹捧着果子，一瘸一拐端到了种植员所坐的那一桌，种植员接过去，又端到下排不久的新兵那桌。最后全体举手表决，给三位临近复转的班长一人分了两三颗。

这回上级单位的首长到医院慰问，给评了功的战士每人奖一台笔记本电脑。有一名战士还询问首长，能不能把发给自己的电脑折换成钱，拨给连队搞温棚建设，大家伙都喜欢看带秧子的瓜果。又说起许元屹曾从老家背了一袋子土上山，想先把土质改善了，种西瓜。首长听罢说电脑照发，温棚的建设也帮忙想办法搞，种出来了让新兵给陵园也送一份去。

他走出水房下了楼。那晚在山上帐篷里打过照面的军医在楼前的空地站着，手里拿着一个游戏手柄似的遥控器正在摆弄。

他走过去和军医打了声招呼。

“喏，迎宾大道。”军医把夹在遥控器上手机屏幕里的动态图像放给他看。

他凑到近前看：“挺气派，就是看不到几辆车。”

“封城嘛，到处冷清。”军医说。

“你不回家看看？”他说。

“算了，疫情一来，我老婆带孩子上娘家去住了，”军医说，“我儿子刚打视频电话过来，我说要他好好学习，别惹他老娘生气，我有好几只眼睛能看见他。我把航拍的视频发过去让我儿子看了，让他找找自己家房子在哪儿。”

他和军医接着又看了看离分区不远的法桐大道。城虽封了，路灯和景观灯都粲然地亮着。

飞机落回楼前空地，军医收起手柄遥控器放进包里。

“不休假回去看看你对象？”军医说。

“还不急找。”他说。

军医点头：“你年轻，沉两年再找也不耽误。”

“这回就挺怪的，”他说，“事情一出来，原本要留下接着干的，不干了，原本想走的，要求留下来。对象也是，原本要结婚的不结了，死活要分的，经过这一段时间找不着人，不肯分了又。”

“我是有一年突然觉得该把这事办了，”军医说，“我还仔细品了品，是不是自己的妥协，后来发现是基因。是该让这个基因往下传递了，没有现代科学和医疗条件，人也就活到三十五六岁，你可能不着急，可你的基因着急。”

“有烟吗？”他说。

军医从兜里掏出一包荷花烟递给他。

“都抽荷花啊。”他说。

“从官到兵，都抽。”军医说。

“这一批上山的核酸检测报告都出来了吗？”他问。

“三四百人呢，估计得到明天中午了，”军医说，“教导员在干吗？”

“准备教育材料，讲课。”他说。

“费那劲干吗，拉到前线转一圈就是教育。”军医说。

他和军医走到空地东侧的一棵梧桐树下，在石桌前靠着抽烟。

军医向他讲起自己去年八月份跟着上山保障会晤，那回是现任团长带队。军医说那边的人当时故意迟到几分钟，往近前走的时候，长官远远落在后面。前面先过来了几个人手提肩扛，施工队似的，一到地点立马开始张罗，架桌子、支椅子、撑遮阳伞。见长官要走到了，两个人抬出来一卷红地毯，往地上一推一铺，又抬过来一个弹药箱，铺上毛毡毯，摆好碟子，瓷杯置放其上。长官在阳伞下站定，摄像的人帮着拍了照，这才坐到椅子上。这时旁边又有人立刻从兜里掏出咖啡来，抱起水壶冲泡。军医告诉他，团长当场就看乐了，说这么大阵仗，泡个速溶咖啡实在可惜。

他告诉军医，这回那边的人列阵喊冲的时候，长官站在斜侧方让兵先上，眼看这边援兵变多，有的扔下自己人掉头跑得飞快。

“那天晚上我救了他们那边的一个人，他是被他们自己人逃跑撤退的时候踩断腿的。”军医说，“我到安置这帮人的医疗帐篷送药，有个指挥官就拉着我说，让我先给他治，过会儿又给翻译说，让我们单独给他安排地方，他的身份尊贵，不能和那些人待在一起。我当时准备给一个人缝线，看那个士兵搞成了那个尿样子，实在忍不住了，我说，你好意思吗？把你的兵带成这个样子还张得开嘴？”

“是不是采集视频的时候还让那人出镜了？”

“对，”军医眯着眼点头，“上来就‘I love you，China’，一顿瞎白话，说我们对他们可太好了，天天给他们冲咖啡。X,可有意思。”

“前年东线不也搞了一回吗,我也在。”军医说,“有一道山脊线特别难投送物资，刚上去的时候什么都缺,有人都偷偷喝尿。”

“那回也有一个。”他说。

“对,”军医说,“我一个战友救治伤员过劳,犯美尼尔氏综合征了，和那个烈士一块被送下山的。”

军医讲，直升机运送那名烈士和几位伤员的时候,也把他的战友抬上去了,就躺在烈士旁边。飞机落地准备出舱前，军医的战友看见烈士的手忽然从担架上掉出来垂在那儿，就伸过去自己的手,牵了牵烈士的手说别着急啊,这就到了。

“等我这战友病养好了,头不晕了,”军医说,

“就开始每天做梦，梦到在抢救伤员，怎么也救不过来。”

军医踩灭烟头，手插着兜，一只脚踏在树下的石凳上前后拉抻，说后来单位给那个战友批了年假，战友一个人开车，从老家开到西安，从西安到成都，又从成都走 318 国道到了拉萨，在拉萨待了几天，然后转到冈仁波齐，到札达土林。再从阿里走 219 国道到新疆转了一圈，最北到达了喀纳斯。

“我那战友说，过后想想，也许‘生’‘死’留给我们最大的困难就在于能不能接受。战友也好，亲人也好，你不知道怎么接受就是因为这太突然了，没有一个人提前告诉你，或者让你知道这是他离开的最好的方式。比如说他突然战死、突然病死，而你可能会想到一百种比这种方式更好的方式，对吗？”军医看着他，“你知道我说的是谁。”

“许元屹背战士过河的时候把脚脖子弄伤了，又被石块砸中，所以才会从崖壁上掉下去……”他端详着手指间燃得溜长的一截烟灰，“有人脑壳被石头砸裂了，但我们把他从那边抢回来了，现在人被转到战区医院，颅骨镶了钢板，再动两回手术就能打着视频电话和人吹牛×了……”

“听着都太不像是二十一世纪能有的事……”他说，“所有战斗手段，都比战斗还古老。”

那个许久没有合上眼睛的人的面孔随即出现了。他在想。吃喝嫖赌抽，坑蒙拐骗偷，喜怒哀乐悲惊恐。这些乱七八糟毫无秩序又非常系统地组合在人身上的，加上诸如徒手将农用工具改造成趁手的武器，显现嗜血、暴力与残忍的本性。如何控制和调节这些恐惧，让人的情感与行为得以形成？背后主宰一切的力量也真是辛苦了，要亲自上手编写这么复杂纷乱狗屁不通的人性、畜生性和草木性……

“我不知道心里边有种什么感觉。”他自言自语地说，“所有人都说我们只是履职尽责，可我总感到胃里恶心……”

“恶心就对了……”军医沉默了片刻，“你闻着粮食香，是因为大脑皮层离不了碳水化合物。要是吃屎对身体好，人闻屎就是香的。要是你放倒一个人，或看见一个人被放倒，不恶心反而高兴，那你就完了。所有人都不恶心，人类就完了。”

“看那个新闻了吗？”他说，“有的病人嗅觉会变，以前闻着香的东西，现在觉得臭，以前臭的反而不臭了。”

“那也有个改变的底线。”军医说，“我向你保证，人的基因里永远不会写入一条：屎香，可食。”

晚上。他和衣躺在床上，听手机里播读的郑振铎译的《飞鸟集》。

听到困意袭来，他侧了侧身，胳膊护着肚脐就闭上了眼睛。

夜里寒气重，他想起身拉开被子盖上，却梦见自己一伸手够被子，醒了。

梦里，他看了眼手表，正是早上五点多不到六点。他推开猛士车的车门下去，许元屹和两名战士已经在河坝边砸开了一道冰口。许元屹和那俩战士架好油机，接上水车的水管就开始抽水。

抽水时，他见许元屹双手托扶水袋，两只手结结实实冻在上面，一边扶着一边哭。他说：“许元屹你快撒手吧。”旁边的战士说：“不行啊排长，一撒手不走水管子就冻住了，油机熄火了再发动不着怎么办？”

他走近看，许元屹的手掌这时已粘在了水袋上，肿得发紫。他从耳后摸了根烟，塞进许元屹嘴里。

许元屹眼珠和嘴唇上凝着冰霜，像哭又像笑地冲他喷了两口烟雾。

三

带车回山上的前一天下午，他去教导队把那名上等兵带出院子，让上等兵跟自己去超市，照着下山前弟兄们给他列的货品清单采购物资。

临下山时，副政委嘱咐他到了能买东西的地方，也给山上的几名地方人员捎带一些吃喝用度方面的东西，团里掏钱。他印象中，深圳一家无人机公司的两名工人一直同他们住在一起，这二人除了协助无人机侦察任务，那晚也帮着医疗队救助伤员。看增援人员来了吃不上热饭，又跟着炊事班捡柴做饭。两人一个左脚骨折过，一个右手扭伤打着夹板。还有开装载机、推土机和挖掘机的几名驾驶员。那晚为了增援部队走近道进沟，彻夜开路，第二天一早从车上爬下来时，一个十九岁的驾驶员脚刚着地就喷了鼻血。

在超市，他和上等兵一人推了一辆推车。上等兵一手推车，一手拿着清单念念有词，来回扫看货架上的商品。

“你要给谁带什么也都拿上，我一块买了。”他说。

“不用。”上等兵说，“别的估计都能互相凑合，我给我们班拿了十条烟，您带给他们。”

“十条？”

“嗯。”上等兵点头，“每个人先分几包，等我上山了，再给他们多带。”

“你还上山？我记得你家里挺有钱吧？上个月家里人都找过来了。”他说。

“如果说咱们连有钱的，应该是我。”上等兵说。

“开飞机修理厂的我记得是。”他说。

“对，在珠海，给私人飞机做维修保养。”上等兵说，“我家那条街道有征兵任务，谁家都不肯去。我爸正好是一个什么委员，发扬风格，就让我来了。我要是今年走，回去就发我二十万服役津贴。只要我肯回家，我妈同意我随便提一台什么车。”

“挺好。”他说。

“好吗？排长，你觉得好吗？”上等兵停下推车，望着他。

“听你们队长说，你最近情况好些了。”他错过上等兵的眼睛，拿起货架上的一瓶洗头膏扔进面前的推车里。

“是，排长。”上等兵还是站着不动，怔怔地盯着他,“我有些问题，觉得还是只能和那天在山上的人说。我想跟您说说,行吗？”

上等兵将他带到那天夜里他步行时路过的那家眼熟的餐馆。餐馆门上贴着疫情期间暂停营业的告示,门前屋檐下摆着一桌俩凳。

上等兵拉出凳子坐下来:“这是我们班长最爱吃的一家店,每回下山休假,他都先过来吃一顿。”

“那天路过瞅着眼熟,就是想不起来。”他说,“他在朋友圈里发过这个店。”

“是,排长。”上等兵说,“我们班长爱吃兰州拉面。”

“你的问题,”他说,“说吧。”

上等兵双手插兜,许久才开始说话。

“排长,我想留队。”上等兵说。

“家里同意吗？”他说。

“我跟他们说了，我病了。”上等兵说，“我自己知道，好起来也容易，以后替班长把他的活接着好好干下去，干明白，病就好了。”

“谁告诉你的？那个女医生？”

“不是。”上等兵摇头，“我先给您说两件事，然后我再问问题。”

“有一回，军区电台联网组训，”上等兵说，“班长叫我给他校报，他读得太快，我就把报校错了。班长当时特别气愤，说，你学了几个月的专业，报还能校错？你有你的责任，有你的使命，这要是打仗了，你这校窜行了，还窜了两行，仗得怎么打？我当时也没忍住，冲他发火，我就骂开了，我说我从当兵第一天就是等着退伍的，在这鸟地方气喘不上来，尿撒不出来，他妈的我脚上全长了冻疮，头也疼得不行，你还骂我。说完我就走了，老子不校了，叫我滚蛋还正好。但是我们班长还一直在发报，我走的时候，他手也没离开发报机。然后我还没走出门口，就听见砰的一声，一看，我们班长连人带椅子倒在地上。我赶紧过去把他扶起来，翻抽屉找速效救心丸。等班长吃了药缓过来以后，说晕倒不怪我，是他手上的汗流到发报机的键盘上，键盘又通着电，给他电晕了。”

“还有一个事，”上等兵继续说，“我刚下连的时候，班长晚上给我们开了个欢迎会，会上问我们有什么问题要问。我说我有问题，我想知道我们在这个地方当兵，每年创造的利润是多少？入伍之前，我家里面安排了饯行的酒席。我一个开加工厂的堂哥就说，当兵无非也是个工作，拿命换钱而已，说白了有多高尚？所谓牺牲也就是个概率问题，一百年打不了一次世界大战，这要是有个大师能预言未来三五年不打仗，纳税人何必花钱养着这帮人？”

上等兵说完，望着印在桌面的象棋棋盘。

“说完了？”他问。

“说完了。”上等兵说。

“那你现在想不通的，还是这个利润问题？”

“我是想问您，”上等兵抬起头看着他，“我们班长那么好的人死了，就是为了保护我们这样的人吗？”

树上蝉鸣和风吹动梧桐枝叶的声音落下来。良久，他问了一句：“你有喜欢的女孩吗？”

上等兵点头：“有。”

“记得她的样子吗？”他伸出手指头在自己的

脸前比画，“她的轮廓……”

上等兵的眼神失了焦，轻声说：“记得。”

“你记得她、认得她……”

“嗯。”

“是因为她的轮廓……”

“是。”

“边界……”他说，“国家的边界就是它的轮廓。我们在这里，是因为我们所有人都希望这个轮廓不要改变，要一直像我们心里记得的，还有那些死去的战友记得的，这个地方最好的样子。”

“上上任团长走的时候，全家三口人在团部大门口，跪下磕了三个头。”他说，“上上任团长的儿子，就是咱现在的营长，也来了这个地方。我从小一进陵园就特别害怕，但是去咱这儿的烈士陵园一点都不怕，还有被保护的感觉。”

“给我看病的心理医生也这么说……”上等兵说，“她下山轮休之前还去了一趟。她说有一回在陵园，她给一位班长放完糖，蹲下来想帮他把碑前打扫一下，突然那颗糖不知道什么原因，掉在她的手背上，她说那一下，她特别开心，也难过。可山上的经历，给内地很多人说他们也不能理解，他们看了，就只是富人看穷人的感觉。”

“还有件事……排长，”上等兵磕巴着说，“我学飞机构造的时候，教我的老师是英国人，我懂英语。那天有个那边的人受伤了，他就躺在地上一直大喊大叫，说不要抓他，他家里还有老婆孩子，上级授意他才过来的，不关他的事，要我们救他，他不想死……我老也忘不了他的哭声……排长，我忘不了……想想我们班长我应该……可我忘不了……”

“知道你们班长的原名叫什么？”

上等兵流着泪摇头。

“叫许元义，不是屹立的屹，是义气的义。”他说，“他小时候老跟人打架，他爸觉得是名字起坏了，老讲江湖义气不行，就给他改了名，改成了‘中华民族屹立于世界民族之林’的那个‘屹’。后来他自己也觉着改了挺好，‘屹’字，一个山一个乞丐的乞，别忘了自己是山沟里出来的乞丐一样的人，做事只能比别人做得更好。他练发报的时候跳字了，自己拿尺子抽自己手背，尺子都抽断了。”

“我这两天想，什么叫有仁有义，‘义’字好理解，仁呢？”他在面前的棋盘格子里摆出‘仁’字的字形，“仁，就是一个人他有点二；仁就是得有两人，有了‘对方’才能谈。”

“那边有个小士兵，每次巡逻碰上我都给他递烟抽,他就特别认我,说在我们这边当兵好。那天快打起来的时候,我第一反应就是在人堆里找他,我特别害怕他也在里面,最后我俩遇上。那种时候不该想这些,可要是这个良心没了,也不配穿这身皮。等我以后有儿子了,就给他起名叫‘大同’,这个名字,你能指望你堂哥那样的,给儿子取名叫托尼、杰瑞的人理解吗?”

清晨临出发前，团里小卖部的两位老乡揣了两条烟、抱着一箱子蜂蜜蛋糕站在车跟前等,要他把东西带上山给弟兄们,是他们一点心意。当时沟里发生对峙,两位老乡应了团里需求,雇来一个地方上的司机开了一辆皮卡车上山，想先送一批货进沟。没料想,过九道弯坡道时车溜冰翻了,司机当场就没了。团里给这两位老乡算了笔账,这一年都是白忙。

他在车跟前推托再三，两位老乡不遑多言，东西搁进后备厢就走了。

车辆一旦驶过兵站，目所能及之处，天空比打火机喷出的火舌更蓝。高原汽车班的人都知道自己班排出过事的地点，路过时常以三支香烟拜祭。再向山中行驶，司机班长从车窗往外扔烟的地方也更多了。

及至越过达坂，峰岩雄踞，太阳雪白。夏之炎炎已全然留在法桐树荫郁郁覆盖的边陲小城，冰雪与寒风汹涌，接管身心与灵魂。

途经烈士陵园，车停在路边。

他们刚下车，司机班长就听见有人叫自己，马路另一侧，下山方向停着一辆大厢板。大厢板的司机跳下车走过来，司机班长也立即跑过去，走近时同那人拍了拍肩膀，站在路中间聊起来。过会儿他走过去，司机班长向他介绍，说这是兄弟团的汽车班长，自己的亲大哥，两人先后入伍，至今已有六年未见过面。司机班长的亲大哥说，因为有过路的旅行者将烈士陵园里许元屹的墓碑拍照传至网上，如今墓碑已被换成一座无字碑，刻字的墓碑先行埋入一旁的地里，日后宣传时可以再挖出重立。

他和几位同车的人将带上来的一瓶酒洒在路边基石上，又立上三根香烟，站了会儿就返回车上。司机班长拿着大哥给自己的一盒口香糖和一副墨镜，连跑带颠地坐回驾驶座。司机班长搓搓手，戴上墨镜，扳过后视镜左右照了照。

“许元屹啊，你这个安排真可以，我和我哥记你的好。”司机班长系上安全带，长按喇叭，发动了汽车。

进沟前。在最后一处有信号的地方，司机班长停下车，让车上的人向家里人再报声平安。

他打开手机里一个游戏应用。那是许元屹花九百多块钱买了一个智能手机后，他帮许元屹下载的，是许元屹玩过的唯一一款游戏。许元屹对他说，自己带的兵年纪越来越小，要是不会玩这个，跟这些兵就没话说。可自从他带许元屹进了联盟，许元屹从未花过半毛钱，总被联盟里的人叫作“穷鬼”。

他将联盟花名册下拉至末尾，看到许元屹的名字。不知是谁，也许是医院里那些伤员中的某个，在公屏上打出了赠予许元屹游戏号的元宝、铠甲、银票和兵符。他想了想,便给许元屹送出了人参果、体力丹、葡萄酒与夜光杯。

车子快开过九道弯时，从车窗探身出去吐了一嗓子的中士坐回座位。不远处,“冻土观测段”的路牌标志在他眼前迅疾掠过。

中士甩甩脑袋摇上车窗:“以前山上风再大也不四处刮沙,现在改了脾性啊。”

“车多人多,加上飞机,沙土都给带起来了。”司机班长说。

“行,热闹了。”中士说着掏出纸擦了擦嘴,抬起胳膊压在胸前。

他问中士,怎么团里批二十天休假,中士只休了一半时间就返回了。中士讲,自己回到家后和一帮大专同学聚会,同学将聚会安排在了火锅店。饭吃到中间，一群服务员突然围上前来，给中士戴上生日帽，齐声合唱生日快乐歌。中士说，那天并不是谁的生日，同学们只为逗乐。看四周人眉开眼笑，中士无从解释，想一拳捣在蛋糕上。散了火锅局，中士独自溜达到巷道里一家酒馆，点了两杯酒。先给自己端起一杯，又给许元屹一杯，左手碰右手，一并干了。

“现在能品出山上饭菜的味道了。”中士说，“看视频刷到一家饭店，招牌菜端上来雾气腾腾，说是盘子里放了干冰。这干冰哪比得上在山上吃饭时候见的。那天你们谁在？立夏那天中午下了一场毛毛雪。当时我把菜摆在引擎盖上，捧着饭碗，雪花从空中飘下来落在碗口，沾在碗沿上。每片雪花融化前都有个形状，真个好看……”

“你就是这么吃凉饭把胃搞坏的。”司机班

口吻和表达路径。
交初稿后不久，吴越编辑很快就给出
阅读初印象和修改意见，之后，王继军老
和程永新老师给出了非常具体的修改建
令我感动与惭愧的是，几位老师是那么
顾与体恤我当时的情绪，鼓励般地为我
路径。程永新老师还在建议中上手举
给出了有效讲述的示范，让我得以看到
有效力地排布故事与细节能让文本结
来。创作与修改过程中，吴越编辑不断
我修改思路，并给予我最温暖的友谊，
时始终压抑的心绪松快许多，也让我
这里有她的一份期待在等我。在此，再

长说。

“那天你在我记得。”中士说，“拿走我一盒肉罐头。”

“王八蛋拿了你罐头。”司机班长说。

“拿就拿了，骂自己王八蛋干吗？”中士说。

司机班长哼了一声：“我就是这么谦虚。”

他在座椅上正了正身子，拉展了胸前的衣兜。衣兜里装着两片梧桐树叶。

他想，回到沟里便把叶子烤干了给那名年轻的列兵卷上一根。抽一口，列兵就会知道今年山下的夏天是什么滋味。

萍聚

作者 董夏青青

在这篇创作谈伊始，我
获》杂志编辑部的老师们，
详细、耐心的建议以及充满
篇小说便不能以此刻的面

三月份刚将初稿交给
对她说，从未如此憎恨自
天每每打开文档，都免不
道眼泪无法表达敬意和
作能力，小说初稿完成时
气，我却好像鬼打墙，找

述

了
师
议。
照
指
例，
如何
实起
支援
写作
知道

次感谢几位编辑老师,还有细致入微的校对老师。于我而言,这篇文稿的打磨过程是一堂写作课,我将在往后的写作中始终受益。

写作《冻土观测段》用了半年,这期间,我一边休养身体一边断续写作。去年十月中旬,领受单位任务前往新疆边境一线的连队,而南疆地区突发疫情,使得原本计划半个月的出行延至近两个月。在山上那段时间,我得到了当时最好的保障。在一次车队行进途中,戈壁滩上,一位司机班长将他带的方便面泡好了端给我,在翻越海拔五千米的达坂时,我就举着对讲机,唱了一首他们想听的《笑纳》送给全体车队。但每回跟车前往不同驻地,漫长的车程以及到处没有厕所,使我患上了膀胱炎。十月、十一月的高原寒冷缺氧，下山后心悸和耳鸣持续至今,情绪也敏感和急躁。除了日常工作,我不敢出门和同事朋友聚会,也不好意思讲明原因。有一回外地的战友来了,一定要我过去见一面。回程时我在路边等车那不到十分钟里,就跑了两趟厕所。后来在与新疆的战友聊天时,她也说起得了这个毛病,还住了院。想到在山上时,手上划了个口子,因为缺氧愈合得慢,留了疤,一位班长看见了,就对我点头说,你看看,上山的人老天爷都会送个礼物。我只是在那里短暂停留,常年戍边的军人们接到的“礼物”怕是多得多了。

那段时间，我与前线的战友们朝夕相处，每日每夜都和英雄的故事、澎湃的情感相伴。我感佩他们坚忍不拔的激情与爱，“一种在坚定信念支持下的勇敢无畏、从容不迫，而不是那种心血来潮的狂热，或者，夸夸其谈的‘煽情’”。边防军人要践行理想，就意味着要和艰苦万分的自然环境、充满差异性的边境近邻、自身已然或尚未拥有的一切进行最大程度的沟通与磨合。这些战友亦用自己的言行赠予我一份珍贵的认知与信念，通过他们我得以知晓，一时一地，“正义”与“悲悯”可以并存。一位作家曾写道:“这些平凡的、关系亲密的、通情达理的、人道的力量的拥有者,才是战争的真正主人。”我想,面临严峻的试炼,还能产生善的愿望,并将这善带回生活与工作,满怀希望,这样的人也是眼下这世界最需要的人。

文稿修改过程中,我发给几位在山上结识的战友,请他们给予意见。其中有位曲排长,正在休假的他来京办事,叫我过去吃火锅。聊天时说到,他某天蹲在步行街的快餐店前,看着行人来来往往时忽然觉得,这一年里,他们所经历的种种是否被人知晓、理解和尊重,并不值得计较,重要的只是去做、去行动以及去记住那些已经离开的人,并坚定地保护这些记忆留下的情感。

那天我调侃曲排长，说起当时他在山上对我显摆军区首长去病房探望，送给他们伤员每人一个平板电脑。我说照你家里的条件，一次买十个都不嫌贵，非得断胳膊断腿奖了一个才高兴。曲排长说，你别说奖电脑了，就是奖励一块板砖都香啊。临分别时，曲排长说自己后天就要返回营区准备上山，从新买的手机里传给我一张图片，是之前在宿舍住他对面下铺，一位牺牲了的同志的朋友圈截图。也是那天，我买了一个厚实的手机壳送给曲排长（排长之前用的手机壳连着手机在河谷里报废了）。没有说出来的话是，希望我们都好好保重，保护与保存应当由我们负起责任来保存的记忆。如此一来，“虽不见友，而其音容如在眼前，虽有需求却不感缺乏，虽应虚弱却依然强健，更难言诠的是，虽死犹生”。

写作这篇文章的过程中，我得到了师长与朋友们在智识方面的很多指导与帮助，可在笔端体现的实在太少，很是愧疚！之后我会更努力，更精进，唯盼有朝一日我的文笔能配得上战友们金子一般的心灵。

文末，向读到这篇小说却不甚满意的朋友致歉，我也从未如此恼恨自己笔力不足，且自责。

探针与轮廓

——读《冻土观测段》

作者 班宇

《冻土观测段》不是一篇可以轻易踏入的小说，这并非在说其叙述方式始终抗拒着读者，当然，它也无法被归纳为某种河流式的涌动描绘——毕竟一具遗体曾在此处悬停，没有新的工具和语言，能够完整解释如此迫在眼前的如同障碍一般的残酷与沉默。进入小说的难度在于，如果我们熟悉董夏青青的小说，那么在这里，势必要摒除一种幻游者的视距，不是幽灵引领着我们去徜徉和重新发现，不是对于圣者或好人的再次解释,而是需要成为被邀请的观测者,同时处于真实的内部和外部。位置本身即构成她的最为强力的修辞。

外部约等于一次次的回望与复写,而内部则近似于凝视:双重观测所要承担的功能不是心脏复苏术,而是整饰逝者的面容、身体、记忆与情感,描述一种更为庞大的、巨人式的精神轮廓,并为之赋形。小说里提及爱人与国家的轮廓,逝者许元屹恰是它们的组成部分,或者几乎全部的象征,一个无限缩进的质点。被目击的死亡则是一次感染,向外波及,使人发热、迟疑、恍惚,在小说里化身为低烧式的语言,有限的动能，少量的几乎是自然主义的描绘，较多甚至过多的对话——总会使我想起许元屹妹妹脖子上的那个针眼，情绪激动时，便会外流分泌液。然后呢，应该如何为之擦拭，还是静待自行结痂？

缺席者使得活动的人们拥有自己的论证，那些日记、家信、出征诗、交叠的转述、被转述的自述，在不断折返的时间里，每一次的讲述也都指向叙事者自身、价值与意义的重置、人生的一次热启动以及反思的不间断生成。恰如冻土，常年保持在零摄氏度之下，却十分敏感。冻土不动，却以不同的沉积层来记忆相对温度、季节与冻融变化。于是，这样的小说很难被解构，甚至无法拉升至象征界，它的根基过于扎实，以血肉，以心灵，没有遮蔽，遮蔽等同于冒犯，而所述内容本身也决定了小说的运转秩序，事件生成于视角的平移。小说最值得瞩目的部分也许是开篇和结尾，精练的场景切入，温柔不乏幽默的转换与收束，中间部分则不断向内吸纳，维持着体温。

董夏青青像是一枚埋在观测段底下的探针，潜于砂与石的缝隙之间，向我们陈述着冻土的容重、含水量与粒度分布，所有的均值与极值，从而建立与现实之间的线性关系。这种关系的真切之处在于，它并不如我们所想的那般陌异、遥远，总会被拉回到侧身之处——许元屹的游戏角色、朋友圈里饭店的照片、上等兵的家庭情况等等。此类呈现的价值不止于将看似分裂的两个世界进行缝合，展示当代的多时代性，也是在重构或调节现实逻辑在小说逻辑里的刻度与行进方式。

读这篇小说时，有那么一个时刻，我将小说里的行动主角与作者形象融在一起，分不清彼此，小说里写道："晚上。他和衣躺在床上，听手机里播读的郑振铎译的《飞鸟集》。"而在郑译的《飞鸟集》有着这样一句："世界上的一队小小的漂泊者呀，请留下你们的足印在我的文字里。”董夏青青记录着的，也许就是这些漂泊者的足印。我想，漂泊也好，逝者也罢，守卫国家的轮廓，同时也是在重塑人的轮廓，与基因、信念、命运的缠斗。幸运或者不幸，我们的面目也正是经由这样的小说，才变得更为明晰一点。

超越“个人”的永恒光辉

——读董夏青青小说《冻土观测段》

作者 冯祉艾

“许元屹”是《冻土观测段》这篇小说的中心人物，但他又不是一个直接存在的人物，而是通过文中其他人物的叙述建构起来的影像。此外，其他人物作为与许元屹相区别的个体，也从某种对立或认可或追随的角度共同与许元屹这个人物串起了这部小说。

许元屹这个人物是怎么建立并逐渐丰满起来的呢？一般的阅读经验认为，若要刻画一个人物，必须通过语言、心理、动作等细节描绘熔铸于文中，作为小说表现的主要内容和对象，叙述引导读者观察和认知人物以及人物内心，而不是让人物直观地呈现出来。这样的叙述更为自然，也是叙述引导读者认识躲在舞台背后的人物——许元屹。从时序上看，整个故事是倒叙的，从小个子兵的受伤这一情节开始，最先呈现在读者面前的场景其实是“许元屹之死”。而许元屹的人物形象，譬如他的追求、他在部队的故事、他过去的经历，都是通过他人转述的。正如小说里说的那样——“他在想”。有谁能把那个许元屹说得明晰？谁会告诉大家，许元屹是被他的母亲生在了麦地里？谁又知道他为何要到贵州安顺的工地上做工？什么讲稿能包囊许元屹负荷累累，却志气未曾衰减半分的强力生命？许元屹是一个人名，一个人物，更是一个象征，但是绝不是他人的转述便可以交代清楚的，我们每个读者都在阅读体验中无限贴近过许元屹，但又无法完全认识真实的许元屹。

从小说后半段的情节来看，许元屹是一个善良而又有家国情怀的军人。他扶助妹妹读大学，在部队关爱战士，坚强且肯为集体牺牲，作为军人，他有坚定的信念和家国情怀。这些品质都是真实的许元屹所具有的，而他同时也是一个命运多舛的普通人，童年时期的家庭贫困、成年以后面对的种种困扰、汶川地震救灾中的生死瞬间等等，可以说许元屹短暂的一生在某个程度上也是一个国家的缩影，他的个人经历与国家血脉联系在一起，虽历经困苦但坚韧依然。当形象逐渐高大并且作为一个普通人物潜移默化了身边的人之后，所有的要素聚合在了一起，形成了这道守护边疆的长城，他的奉献和牺牲精神凝聚成了祖国。

就叙述视角而言，许元屹这个人物是通过零聚焦的叙述视角来展现的，也即第三人称全知全能的叙述视角，但是小说《冻土观测段》的叙述很有特色的一点是，关于许元屹的情节基本都是由小说中其他人物展现的，这就让“许元屹”这个人物不是惯常的由旁白这类叙述者的声音来全盘把控和塑造的，而是更多地通过其他人物的语言塑造出来的。也即是说，读者看到的许元屹，是一个由小说中其他人物目光汇集而成的“许元屹”，而不是许元屹对自身经历的描述，也不是客观的叙述者的描绘。而这些小说人物的语言也很有韵味，他们对许元屹的评价，有正面的、反面的，甚至还有迷惑不解的，正是由这些普通人的角度，我们才能更全面地认识从普通人到脱离普通人的不太平凡的许元屹。这时，我想起一个新闻，二〇二〇年五月初，外军越线寻衅滋事的事件，其中战士陈祥榕令我记忆深刻。他在日记中写下“清澈的爱，只为中国”这样的字眼。后续新闻媒体又披露了许多这些戍边战士的生活细节。对于大多数的人来说，这样的生活离他们很远，就如同小说中上等兵的堂哥所言“当兵无非也是个工作，拿命换钱而已，说白了有多高尚”，而大多数老百姓关心的更多是生活中直观的物价、房价、孩子上学、老人养老等等，“戍边”这样遥远的事情对大多数人而言是很陌生的。英国浪漫派诗人柯勒律治说，诗人“给日常事物以新奇的魅力，通过唤起人们对习惯的麻木性的注意，引导他去观察眼前美丽和惊人的事物，以激起一种类似超自然的感觉”。其实并非只有诗人，作家们也总是如此。日常生活中人们惯常领会而习焉不察的事物中，其实隐藏着许多闪耀的东西。以《冻土观测段》为例，在日常的生活中，许元屹是一名职业军人，而在诗性的生活中，许元屹却是一个有着许多优秀品质的普通人。军人以保家卫国为天职，神圣而不可侵犯。绝不是以“每年创造的利润是多少”这样简单化的指标就能量化的，不是所有生活的实际都以个人的最终获得为目的。但是在社会高速发展的今天，每天都有太多人在提这样的问题，譬如“每年创造的利润是多少”，又譬如“军人无非也就是一种职业”，再譬如“读书无用论”，又或者“读那么多书不如早早结婚生子”之类。崇高的意义被消解甚至污名化，变成了少数人内心所共有的稀有品质。

小说是一门语言的艺术，而语言是文化的媒介和载体，因此，小说中想要表达的内容往往蕴含着深厚的文化信息和深刻的人文关怀，表现作家独特的人文品格。许元屹这个人物是小说的中心人物，但在我看来,作家想表现的并不只是一个高大的英雄般的人物,而是许许多多像许元屹一样的普通士兵。也即是说,作者想要的，不是具体地突出某一个英雄人物，而是普通人物中英雄的普遍性,其他很多普通士兵也像许元屹一样,有着平凡中的“不凡”。那些不能理解的人对此来说:“当兵无非也是个工作,拿命换钱而已,说白了有多高尚？”他们看士兵的感觉也无非“很多人说他们也不能理解,他们看了,就只是富人看穷人的感觉”。在文学日益边缘化的今天,读者会更青睐文学作品的娱乐性,但是这类超出俗世普遍意义的作品更应是优秀作家着力想要表现的对象。本雅明认为,时间是一个结构性的概念,它不完全是线性的,而可能是空间的并置关系。当作家意识到时间的某种空间性,并试图书写时间中那些被遮蔽的、不为我们所知的部分的时候,他其实是改变了时间——他把现在这种时间和另外一种时间形态,和我们经常说的永恒事物联系在了一起,和真正的历史联系在了一起。真实的军旅生活是一直存在着的,也是许多人经历和创造出来的历史,但未来人们如何看待这段真实的存在,在很大程度上仍然依赖于作家的表述。许元屹是一个普通的士兵,但他也是千万个普通士兵的缩影,许元屹的结局在小说开端即已交代,他“牺牲”了,但是后文的所有其实都在阐述一个事实,许元屹是“永恒”的,他超越了时间。许元屹作为一个人物,代表的其实是一个时间段内所有的“许元屹”们,他们所书写的历史都具有永恒性。他们的普通平凡和他们的超凡脱俗一起铸就了永恒的中国。

即使从标题来看,也暗含着这种意味。“冻土观测段”是一个包含多种艺术内蕴的意象,“观测”本身即是一个具有观照意味的词,观测可以有多种视角,平视、俯视、仰视,观测还可以有多个对象,被观测者、观测者,而这些视角和对象又并不都是固定的,甚至作者和读者之间也形成了某种观测关系。

在这里,我想提及《冻土观测段》中值得雕琢的地方,即在小说中其他人物的转变是否存在更多值得表现的空间。小说中许元屹作为英雄的牺牲和自我付出,换来的是许多人的幡然醒悟和追随。上等兵留队,战士们想把奖品拨给连队搞温棚建设,以及军医所说“事情一出来,原本要留下接着干的，不干了，原本想走的，要求留下来。对象也是，原本要结婚的不结了，死活要分的，经过这一段时间找不着人，不肯分了又”。诚然，经历过军旅生涯的人更能懂得像“边界”这样的命题带来的巨大人生意义，但是对于像军人家属、新兵这类人物，他们是从普通生活突然跳进军队生活中的，他们从过去的与边界、国家这类崇高意象的疏离，是如何转变成自愿地回归到这个母题之中的？许元屹的牺牲到底如何改变了他们内心的想法？他们过去的庸俗与回归崇高意象之间存在着怎样的心理斗争？小说中，我们只能通过上等兵的叙述略知一二。康德曾说,崇高的情绪是一种仅能间接产生的愉快;那就是这样的,它经历着一个瞬间的生命力的阻滞,而立刻继之以生命力的因而更加强烈的喷射,崇高的感觉产生了。它的感动不是游戏,而好像是想象力活动中的严肃。所以崇高同媚人的魅力不能和合,而且心情不仅是被吸引着,同时又不断地反复地被拒绝着。对于崇高的愉快不仅仅是含着积极的快乐,更多地是惊叹或崇敬,这就可称作消极的快乐。这种文本叙述带来的崇高感可以在历史和当下中给人带来真正的怜悯、平和或是其他多种情感的升华。作家塑造了英雄人物许元屹,他是光辉的、高大的,但是他也是普通人。作家塑造的又不只是一个英雄人物，作家的笔下,其实流淌着千千万万普通中国人那为家、为集体、为国而超越生命和个人的永恒光辉。